JN245119

歌集

ランプの精

Kyoko Kuriki

栗木京子

現代短歌社

目次

ランプの精（せい）

ターバン

雪の日は雪の結晶また見たし実家の小さき顕微鏡にて

卓球のサーブ打つとき少女子(をとめご)は神と向き合ふごとき目をせり

左利き用のギターの飾らるる茶房に行かな冬の海辺の

きさらぎの月に暈(かさ)あり人恋ふるこころはいつも生乾きにて

わさび田に白き小花の咲きたればいちはやく水に春は兆せり

一人分の孤独の濃さをあたためて豆乳ラテを飲む夜の部屋

わが肌に目盛り浮き出てをらざるや花粉症癒えてあゆみゆく朝

ポストまで歩く途中にパンを買ひわたしの朝は若返りたり

生薬のまじれるやうな雨に濡れ仔犬とわれと踏切に待つ

感電せしネズミが冷却装置停む　わが実家にて否原発内部で

骨董街クリニャンクールに吹く風を恋ひつつ母と宵の散歩す

ターバンの群るるがごとくチューリップ咲きをり介護施設の庭に

珈琲豆

水色の翅とうめいに輝けるミカドアゲハ見つ三月尽日

さくら咲くこの列島の夜すがらをふくらみてゆくパン種(だね)のあり

裏手とはこころのさわぐ場所ならむ遅れて咲ける桜木ありて

十階の劇場までを函に乗り凍れる魚となりて運ばる

ああ皐月交尾せしのち雄蜂はパチンと弾けるやうに死にたり

部屋中に鳥籠を置き暮らしたし五月の来ればまた空を見る

山盛りの香菜(シャンツァイ)食まむ左眼の奥がチカチカ疲れゐる夜は

触れたれば音出るものをよろこびし幼き吾子を憶ふ初夏の夜

枇杷の実が雨に明るく濡れてゐる坂道のあり子の住む街に

酒飲まぬ息子の部屋に空ビン無しペットボトルがてらてらと立つ

昼酒はさびしきものか手みやげの珈琲豆を子の部屋に置く

一糸一毫

新緑のさやげば恋へり水中に身をくねらせし魚の記憶を

幼児期の吾を知るごとく鳳仙花咲きこぼれをり千住の路地に

蒐めゐし和紙を箱より取り出せば夏至のゆふべのひかり濃くなる

風涼し噛みしむるときくちびるはわれのからだの凹（へこ）みとなれり

梅雨冷えの試着室出ればわがめぐり明るし百年ほどの過ぎしか

梔子は下半身もつ花ならむゆふべの雨に白くけぶりて

税理士に夫が書きし礼状のほのぼのとして梅雨明け近し

本の整理終へて夫と吾(あ)の軍手仲良ささうに四枚置かる

子育てに悔いあるわれは小袋を鞄のなかにあまた入れ持つ

雨の日の花舗の奥には岬から丘へとつづく径(みち)あるごとし

半月が一糸一毫まとはずに照る夜更けなりひとり枇杷むく

色悪（いろあく）に色気が足りぬと言ひながら東銀座で怪談を観る

乳呑み児をいだきて恨む撫で肩の若き役者のにほひ立つなり

幕間（まくあひ）に弁当ひらくとき浮かぶ霊安室に入りゆく廊下

ちぎれたるやはらかき掌（て）が草の上（へ）をすべりゆくかとオホムラサキ飛ぶ

さあ立つぞといふ感じにてムスカリの鈴状の花むらがり咲けり

秋海棠またの名前は断腸花きみに教はり野の道あゆむ

見知らぬ海

パエリアを女四人で取り分くるときあたたかき暗がりの生(あ)る

パレットの絵の具を水で洗ひたり最後にいつも白の残りて

青汁を雨のよふけに飲み干せば宇宙を巡礼して来しごとし

泡状のソープふたたび泡立てて口語短歌の未来をおもふ

フィリリリリ樹上に棲むは夏の精フィリリリリリと草雲雀鳴く

二〇一三年八月二十二日

水をかけモップで掃除されてをり藤圭子飛び降りし街路は

ハンカチの皺を厭(いと)ひし父おもふ夜のアイロンの白き熱さに

レコードを裏返さむとする友を見てゐき吉田近衛の下宿

大小の見知らぬ海の光りをりあなたとめぐる水族館に

秋の夜の水族館に地軸よりゆらめき届く声のあるべし

馬車は行く

すべて捨てて掃除の楽な部屋にせむ秋の来るたび思ひて十年

てのひらに泡をかためて朝まだき顔洗ひをり顔もどるまで

旨酒(うまざけ)となりてしづくのかがやきぬ九月の風に朝顔咲けば

秋の陽は5グラムほどの重さもち橋渡りゆくわが額(ぬか)照らす

イーゼルを据ゑたる草の緑よりまづ湿りきて昼の雨降る

秋晴れにカーテン洗ふ　地震の夜ひとをくるみしカーテン想ひて

箒草は茎の先から赤くなり福島の秋みじかく過ぎぬ

汚染水満つるタンクを雨は打ちとぷりとぷりと日本沈みぬ

キャロライン・ケネディを乗せ馬車は行くただ紅葉の美(は)しき日本を

痩身の女性大使はわれよりも若し、若くてすでに父母なし

天辺(てっぺん)のひと花までも咲き終はり金魚草夜の瓶に立ちをり

カナカナの声にまた声重なりてゆふべの苑は軽やかになる

ささやかな約束なれど守りくるる人と見てをり海にしづむ陽

月宮に棲むたましひも霜月の夜は夢幻能観てゐるならむ

秋の夜の眠りに入るたび指先より流れ出てゆくものなにならむ

をみなは狐

裏庭をあゆむ猫をりうづまきの模様は祭の衣裳のやうで

チングルマの白き綿毛の飛ぶ頃か山にも街にももう冬が来る

夕暮の土手に手触れし穂すすきもわれをこの世につなぐ端子か

冬されば狐恋しや訪ね来て一夜（ひとよ）寝て去るをみなは狐

足もとから怠惰になるは心地よし冬のはじめの炬燵の昼寝

この悔しさ友には告げず味方してくるればさらにかなしきゆゑに

飛竜頭はうす味、牛蒡は濃き味に煮付けてをりぬ初冬のゆふべ

卵にてふはり綴づればうつくしも昨日の悔いも今日の驕りも

レジ待ちの列にて「早く！」と叫びたる夢より覚めて師走はじまる

こぐま座の星の流るる歳晩をデロンギヒーターあたたまりゆく

冷えながらなほ香り立つさびしさよ林檎の赤さ手につつみたり

途中から髪をうしろに束ねつつ拭き掃除せり明日より午年（うまどし）

М７８星雲

日の射さぬ工場のなか六十年働く心臓ありてわが生く

やり直し、やりなほしできる生ならば　継ぎ目のあらぬ今日の青空

バチカンの広さは皇居の約半分　物干し台に星を仰ぎぬ

翅ふるはせまつすぐ五十センチほど浮き上がりたし三日月の夜

涅槃図のけだものたちは時経るにつれ増ゆるとぞ冬の夜に読む

ウルトラマンもＭ７８星雲に還る頃なり湯船に目つむる

トロフィーのごとくに若き妻娶る人をりトロフィーのりぼんは赤し

金色にひかるオムレツ焼き上げぬペコポンとこころ窪みゐる朝

敬愛なるから偉大なるへと権力者の王冠変はり北風寒し

雪の日の帽子店灯(とも)りりりんりんと帽子の闇に白きもの鳴る

長き耳あらば垂らしてねむりたし海辺を走る列車の窓に

海見ゆる車窓に座りて日没まで、恋終はるまで運ばれゆかむ

穴に入り穴を出るまで雪の夜の列車はいかなる夢見てをらむ

深谷葱

「おし、まひ」と言ひて公孫樹の葉は散りぬ数の力のときめく冬を

苦しみののちに生まれし小国のごとき椿を拾ふ二つ、三つ

みかんの沈む牛乳ゼリーは若き日の母がつくりてくれたる魔法

母のつくる卵料理は甘かりき石蕗咲けばまた思ひ出す

膝の皿痛むと母の言ふ夜は撫でつつ恋へりとりどりの皿

「この部屋は海抜二十五メートル」地震ののちに母は窓ひらく

ゆで卵の殻を剥きつつ怖れをりこの列島に罅の入る日を

妻に代はり料理せしといふ隆明氏おもひて深谷葱を刻みぬ

列車が出る前に駅弁食べ終へゐし父を語りぬ吉本ばなな氏

ねむりつつ御徒町（おかちまち）駅過ぎゆきて徒武者（かちむしゃ）のゐし世をなつかしむ

夫から殴られはだしで逃げし夜を語る声せり冬の山手線

その人はいづくにて靴履きたるやブーツの中のわが足たぢろぐ

ゆるキャラの運動能力高くなり跳んで走つて冬深みゆく

花蘇芳

朽ち木にて冬越す幼虫いくたびも目をさましゐむ温(ぬく)きこのごろ

花魁の衣裳をまとふ新成人をりて苦界はしばし華やぐ

都知事選のポスター並ぶ街角にまた逢はうねと人見送りぬ

約束のことばは短い方がよいまた逢はうねと握手し別る

目の詰んだ青さに冬の空は晴れ原発ゼロの公約ひびく

みどりごはコポッと乳を吐き出して候補者に向き笑ひかけたり

女装した三毛猫われは日比谷線車内にねむる終点までを

去る冬の戦利品として雲浮けり戦利品とはかがやくことば

弱法師（よろぼし）の袖にこぼれし梅の香をいとほしみつつ苑をめぐりぬ

君よりも君の辺（へ）にゐしとほき日のわれが愛しも花蘇芳咲く

生え際の白髪染めつつ思ひ出すリカちゃん人形のやはらかき髪

目を伏せるわが後ろにて誰か手を挙げし夢見つ若き誰かが

過ぎし日の詫び状あれこれおもひをり節分の日の雲を仰ぎて

レンズ豆

虹のいろ外から順に言ひながら立春の夜をレンズ豆煮る

細長き箱にて薔薇は届きたり南岸低気圧を引き連れ

床(ゆか)の上に落ちゐる髪はきさらぎの雨気を吸ひ込み化繊のごとし

ディクスン・カー読み終へしのち頭(づ)を振りて郵便受けを覗きにゆけり

大雪の東京の夜に母は問ふ原発ゼロで凍え死なぬか

ラテンの血が今日はわが身に流れゐて隣家の子どもと雪かきをする

小高賢さんを悼む・八首

電子レンジ置けば?と言へば笑ひをりその仕事場で事切れたまひき

丹後へは四人で行つたね老いといふフロンティアのこと語りながらに

早朝の列車に愛妻弁当をにやりと広げし小高氏思ほゆ

降車間際にトイレに行くな、と叱りたり江戸っ子せっかち世話焼きなりき

受付に大きなストーブ置かれあり雪の会葬者の足を温(ぬく)めて

棺はこぶ影山さんのくちびるの泣くまいとする力かなしも

雪の日の焼香を終へうたびとの四人は熱き蕎麦をすすりぬ

食べ終へて丸の内線、大江戸線別れゆくときしみじみさびし

洗肺遊

介護ホームに七段飾り置かるれど母はてっぺんの雛(ひひな)まで見ず

名古屋生まれの老母は不意に語り出す徳川園の雛の豪奢を

レコードチャイナによれば
習主席は庶民派なればスモッグもともに吸へりとニュース告げをり

日本への旅を「洗肺遊（シーフェイヨウ）」と呼び中国のひと浅草に群る

呼吸することは運命とともにすることとなり北京の大気煙りぬ

幼き日ピアノの下で昼寝せし愉しさ語る人を見てゐつ

洪水のたび流さるる橋架けていにしへびとの恋美(は)しかりき

三年後の三月十一日

蠟燭より耳のやうなる炎立つ夜を祈りぬ三月十一日

「体調のよくないかたは…」と前置きのありて津波の映像溢る

映像は昨年（こぞ）より整ひゐたれども濁流見れば座りてをれず

数字の磁力

ベルクソンがもてはやされし大正期　胃痛こらへる漱石をりき

特攻機のその名、敷島、大和、朝日　花見をしつつ伯父つぶやけり

飛行体験百時間にも満たぬまま出撃したる兵あり還らず

七三一部隊、六九五病院ありて数字の磁力冴えかへる春

小柄にて強き日本の男らのかつてをりにき軍艦に乗り

オリンピック開催権を返上せし日は晴れゐしや昭和十三年

見えてゐるところまで行かう身の傷の治れどこころ重たき朝は

泉質

母の炊きし色濃き赤飯なつかしもなんでもない日も赤飯食みき

ゆつくりと髪乾かしてくるる母ゐることわれの今日の哀しみ

金さんは北町奉行か南町奉行だつたか母に問はるる

泉質の変はるがごとくをみな老ゆ産みたる者も産まざる者も

「新弟子検査・二人合格」山形の新聞に載りて三月うらら

人形に帽子かぶせて靴履かせいづこに出掛けたかりし祖母か

階段の手すりのカーヴうつくしき祖母の家恋ふ新緑の頃

「小さい子から取ってね」と声聞こゆ半袖の子らつどふ街辻

もしや昨夜(きぞ)おそろしきこと見てをりし向日葵なるや並びて咲けり

ぎんがみにボタンつつまれ子の制服クリーニングより戻りし夏よ

　　スズメ蜂は肉食、クマ蜂は草食

昆虫を食むスズメ蜂、蜜を吸ふクマ蜂初夏の野を群れ飛べり

二〇一四年四月、韓国の大型旅客船が転覆し、沈没。
修学旅行中の多数の高校生が犠牲になった。

セウォル号のセウォルは歳月　若者の今日も明日も海中に消ゆ

老い深き鯨のごとし沈みゆく船はときをり水噴き上げて

客船は息絶えゆけりそののちも息継ぐ人らあまた容(い)れつつ

携帯から言葉届けど人間は重さを持てり船を出られず

若き声、若き呼吸の船内に満つれど浮力とはならざるや

闇をとぶ鞄

花水木白く浮きつつ咲きてをり出生率わづか上がりゆく世に

目黒へと「とろけ地蔵」を訪（と）ひゆかむのうぜんかづら道に散る午後

怒り顔とともに笑顔もインドより伝はりしかと閻魔像仰ぐ

右半身いつも西日に灼かれゐる像のうしろに人を待つなり

羽を抜くごとく時間を使ひつつ長旅したし木槿咲く頃

ひしめきあふ岩盤(プレート)の上(へ)にわれら立ち瀑布のごとき藤の花見る

ひらひらと宇宙の闇をとぶ鞄あるべし新たな生物乗せて

一ミリづつ首を圧されてゆくごとき暑さのなかに手紙書きをり

足よりも肩生き生きと動きをり明け方に観るサッカー戦に

寝不足のわれの一日(ひとひ)になまよみの甲斐の国より桃届きたり

不整脈の治療終へたる夫と食むシラスと生姜の炊き込みごはん

焦がしバター香らせながら思ひをり複婚制度の残るブータン

音のなかに音を打ち込む強さもて未明の雷雨迫り来るなり

濯がれし繃帯あまたゆふかぜになびきてゐしや敗戦の夏

若者ら空にて命散らしたる戦ありにき忘るべからず

ランプの精

ライオンの夢を見てゐる老人か花火の揚がる荒川土手に

シンデレラの継母は実母なりといふ異説のありて夜の雲白し

ストローで作りしくじを引かむとし手のあつまりぬ遠い放課後

暑き日に薔薇は棘まで枯れてをり排泄をせぬものは哀しも

夢のなかで誰とはぐれしわれならむはぐれたること少しうれしく

われはむかし君に撃たれて長々と提げられてゐし兎なるべし

そのときも君の利き手は左手でありしか火薬の臭ひ残して

白萩に月照りてをり感情に手足生ゆるはかかる夜ならむ

半身をけむりのやうになびかせて秋の夜ランプの精出（い）で来ずや

ケーキ買ふ姿を見たり休会届け出したる人の碧きスカーフ

病む猫に兄弟猫が輸血する医院をつつみ秋の風吹く

粗塩

角瓶の胸のあたりにウィスキー揺れをり朝の地震ののちを

ジッジッジッ風をつまみて鳴き出しし蟬の声やがて木を包みゆく

みちのくの祭を恋へり不公平ばかりを残し三年（みとせ）の過ぎて

伐られたる幹に粗塩ふりかけて六十九年耐へ　来し日本

てのひらを広げて迫る雨雲に精銅工場の屋根光りたり

日曜画家アンリ・ルソーの絵の中の密林に入りあそぶ雨の日

ザリガニに餌与へては遊ぶ子をり旧（ふる）き軍人のやうな目をして

太陽に目鼻を描くはなにゆゑか幼稚園児の絵の並びをり

雨ののち冷えゆく部屋に眼球をみがくがごとく墨すりてをり

夕暮れの欄干に人もたれをりときをり軽く会釈しながら

シーソーは思索的なり月の夜に地球滅亡後を憂ひつつ

スペアキイできあがるまで散歩せり川面(かはも)にあはく影を映して

友よ我は片腕すでに鬼となりぬ　高柳重信

我ならば脚より鬼となるならむ今日は人影あらぬ茱萸坂

水中に脱皮するものおそろしやたとへば九月の海に没(い)る月

穂すすきのうへ飛ぶトンボ追ふときにわが眼力のすさまじく冴ゆ

胡桃の殻割りてつやめく実を出せり産むといふこと涼しかるべし

ほやほやと山辣韮の花の咲く秋のあしたに吾(あ)は産まれしか

マドンナ

靭帯に支へられゐる乳房なり仲間五人とフラダンスする

少女には踊らせぬフラの曲のあり耳の上［へ］に花飾りて唄ふ

性愛の暗喩としての歌詞多し素足の指に力を込めて

「マドンナ」と女性を括りし時代あり土井たか子死して秋深まりぬ

土井さんのくちびる赤し男なら「憲法と結婚した」とは言はれず

人柱、使命感などと奉(まつ)られし人のスーツの衿幅広し

目の縁の痒くてならず粉状の光をまとふ晩秋の月

君の語る怖い話を聞きながら眠りたし月がまーるい夜は

人参のいろ

おわび行脚といふ旅ありその人の鞄のなかに畳まれし径（みち）

ここからは乗り継ぎできぬ盲腸線　駅に降り立ち山を眺める

渓流に触れし右手を左手はうらやみてをり秋の甲斐路に

ベンケイサウの淡紅の蕊群れ立ちて初めて触るる指を待ちをり

古本まつりの提灯ともる神保町やあやあと小高氏現はれさうで

古書店を出づれば恋へり小高氏の事務所のコーヒー、カップにたつぷり

新宿線改札口に消えしまま　ダッフルコートの似合ふ小高賢

縁側に寝そべる猫の首筋の匂ひかぎたし今日は立冬

なはとびの白き握り手揺れてをりをみな児三人（みたり）のランドセルより

いつまでも謝りつづけるひとりゐて児らの遊びのすさみてゆけり

見えぬ糸引き延ばしまた巻き戻すごとし氷上の羽生結弦は

後ろより前は危険かアクセルは前からジャンプするゆゑ怖しと

かつぱ橋で極上ピーラー買ひにけり今日のこころは人参のいろ

火の匂ひは爪のあひだに最後まで残ると気付く髪梳きながら

帰り来てシャワー浴ぶれば蠟に似るもの流れたりわが鰭ならむ

筋書きの濃きミステリを読みさして駱駝のまつげふと思ひたり

団栗

つぐなひに狐の運ぶ栗おもふ坂の途中の青果店灯(とも)りて

団栗はイベリコ豚の好物なり愛らしき豚育ててみたし

眼圧を測らむと機器覗くとき見知らぬ丘に立つ心地せり

金色のいちやう散る午後　眼底にパフンと空気当てられたりき

風邪を引く前にはわかる　折り曲げし肱にひとすぢ冷気走りて

幼児期に病みしことなきわが身体（からだ）いま風邪引けばへなへなとせり

引くときより治るときこそ苦しくて八年ぶりの風邪に咳き込む

白足袋をはきて川へと飛び降りる夢を見たりき高熱の夜に

「下がったね」と母は笑みにき明け方の体温計の水銀の光

風邪引けば約束ひとつ反故にして「スリーピー・ラグーン」聴きつつ眠る

復員せし父も聴きけむ身の芯をゆさぶるハリー・ジェイムスの音

丸薬はころがるものぞ老い父がゆるりと服(の)みし真白き薬

治り方思ひ出しつつ風邪気味のわれはベンチに犬と語らふ

風邪癒えて朝の川原を歩みゆく若い獣のリズム持ちつつ

売電と売血

海底にねむれる白き雲ありと光る潮目を君は指さす

冬晴れの海辺の町にびびびびとソーラーパネル並ぶ、びびびと

寒雲の縁ひかりをり買へませんと言はれし電気はどこへゆくのか

売電と売血は似て非なるかな雪のあしたにヒーター点ける

鶏肉を「かしは」と呼びし母思ふ雑煮の湯気にぬくもりながら

アベノミクスで円の価値また下がるのか銭洗弁天に冬日きらきら

とれたての魚を横抱きするやうに朝のメール読むうれしきメール

ひつじ年はじめの雪の降るあした男の肌の刺青見たし

刺青の彫り師は二階を仕事場にせしと聞きたり江戸の冬空

大きな鳥籠

五年前母に借金せしことあり嘆きて威張りて貸してくれたり

貸してすぐ返してくれと母言ひぬ雨に八つ手の小花濡るる日

肩代はりしてくれたるは夫にてフェルトの上（へ）に置く実印、通帳

もう母にお金を借りることもなしわが手に飴を乗せくるる母

冬の日の校門ひらかれ戦争に行けるからだの男（を）の子らの見ゆ

身のうちに十字架秘めてゐるならむ空ゆく鳶の大きく見ゆる

からだとは大きな鳥籠かもしれず午睡より覚めしばらく咳きぬ

耳の向きキリッと変へて我を見る猫に語らむ今日の失意を

毛の短き猫は愉しもするするとサルトリイバラの垣を抜けくる

忘れゐし善行褒められたるごとし窓をあければ雪の明るさ

ただ泳ぐための脚もつカイツブリ朝の地上を雪が濡らせり

雪まとふやうに小花を咲かせゐるコキアを活けて部屋に君待つ

少年の頃にあなたの手放しし夢を聞かせて　雪降りやまず

卓の上に音楽がある、といふ感じしたりきレコード聴きゐし頃は

大学生歌人がんばれアサギマダラは旅の途中で世代交代す

手下(てか)ひとり欲しくなりたり月の夜にコンビニおでん買ひにゆくとき

こんにやくを食みつつ思ふコンビニからおでんの消えしあの三月を

諭すとき君はいつでも年長の人なり春の雨あたたかし

頬にパッと磁力のやうな輝きの点りて君はああ笑まむとす

男もののかたきシャツなど着てみたし魚のかたちの雲浮かぶ朝

反対側ホーム

平成二十七年三月十一日

関連死が直接死の数超えたりと福島の空に黒き鳥飛ぶ

泥のつく写真を洗ひゐし人を悲しみにつつ白梅仰ぐ

瓜子姫や一寸法師現はれよ小さくやさしき者つらき世に

三月十四日　ＪＲ上野東京ライン開通

通過駅となりゆく上野　頭端式ホームけぶらせ昼の雨降る

東京駅一極集中進むなり万世橋もすでに廃れて

成熟せし都市にはターミナル多しパリ北駅を地図に探せり

昼の方が二分延びたと報じられ三月十八日の月見る

コーラ飲む加山雄三うら若きポスターの前に子と待ち合はす

反対側ホームの息子に手を振りぬうれしかつたよといつか思ふや

東京を時速二百キロで離りゆくわが人生よシウマイ食べつつ

短めの割り箸割りて弁当を食べはじめたり車窓に富士が

春分の日は薄曇り東電の変電所の向かうスカイツリー見ゆ

兵役免除

「戦友」と父が言ふとき縮緬皺なして寄りにし昭和の時間

戦友に金貸す父を嘆きをり母はぎしぎし貝洗ひつつ

ケーキ持ちて金を返しに来し人の毛羽立つ背広をわれは怖れき

戦死せし子に陰膳を今もなほ供へゐるべしあの世の祖母は

徴兵制消えて七十年の夏スマホの戦争ゲーム過熱す

軍隊は就職先のひとつだと答へてタイの若者の笑む

ニューハーフは兵役免除とふ規定あるやも昭和一〇〇年の日本

たこやきは小さき舟に八個あり隅田の桜散りそむる頃

パンダ、コアラのそりと人を見下ろせり桜の森の奥の動物園

犀や象の老い深まれる動物園　咳をしながら幼な児走る

厚揚げを買ふゆふぐれの衿元にさくらはなびら貼りつきてをり

汚すため真白き皿を選びたり花冷えの夜のポークカレーに

咲き満てるさくらの花が雨を吸ひふくらめる夜を鼓膜の痛し

白糸草

追悼の会の終はりて夜深し車輪の音は列車の鼓動

くれなゐのつつじ咲きをり雨の景をほたりほたりとまだらに染めて

枇杷の実に種四つありつやつやの種は今宵の雨音を聴く

濡れゐしは誰の瞳か思ひ出せず暑きあしたの夢より覚めて

ラプンツェルはヲミナヘシ科の青き花　雨降りつづく庭にゆれをり

沈丁花ひくく香れる道ゆけば着付けのうまき美容院あり

六月は耳病みやすく心細いこころぼそいと絹の雨見る

山の雨やうやく上がり初夏(はつなつ)はぱからぱからと近づき来たり

動物占ひ「猿」と言はれし君とゆく初夏の旅なり藤のむらさき

白糸草はブラシのごとく山に咲きわが目の奥を洗ひてみたし

名は雄々しく姿かはゆきセンボンヤリ花弁の裏のむらさき淡し

白き蝶もつるるやうに飛びてをり地図にはあらぬ滝へ行く道

紫陽花はむごき花なり褐色の顔のうしろにみづいろの顔

つけかへしドアの把手がしろがねに光りて梅雨のこころよろこぶ

アーモンドの皮いつまでも噛みをれば理由もあらぬ悔いよみがへる

七夕の夜の短冊に文字あふれ雨降りくればみな滲みたり

死ぬなかれ、生はすべてに優先す夕べの路地の猫につぶやく

映画「黒い雨」

脱け髪を手にしておどろく場面にて女優の裸の乳房愛らし

原爆はピカと呼ばれて紫斑出でし二の腕見つつ「ピカ出た」と言ふ

少女子（をとめご）の臥しゐる部屋より畑見えて芋の葉そよぐ広島の夏

首に腕に紫斑をうかべ人は臥す畳と蒲団と寝巻と手拭ひ

黒き雨降らせし空から虹の立つ日を希ひつつ映画終はりぬ

鯨とピノキオ

置時計三つの並ぶ母の部屋丸き時計はいつも遅れて

カナカナの鳴くゆふぐれに老い母は「靖国に兄がゐるから」と言ふ

仏壇の横にピッケル立てありき戦死せし伯父は登山好きにて

痩せ尾根に駒草の咲く立山を想ひたりけむ死にゆく伯父は

セロファンを剥きては食ぶるチョコの味　憲法解釈かみ合はぬまま

デパートにて

自衛隊も使用、と書かるる鞄あり子に贈らむとしつつためらふ

梅ジャムをパンにねつとり塗りてをり酒の肴(あて)にはならぬ梅ジャム

大鯨に呑まれて海を漂へるピノキオおもふ酔ひ深まれば

焼酎を飲みゐし人は関節をするりとはづし眠りに落ちぬ

二駅分歩いて帰らう足首に静かに酔ひをからませながら

「シシリーの掟に掛けて」は酔ひどれの君の口癖、また聞きたしよ

豆が変はり珈琲の味深まりし茶房に人と待ち合はせする

かんざし職人

透(す)き羽(ばね)とみどりのからだもつ蟬よ鳴けば水玉うまるるごとし

右肩よりわれは入りゆく少しづつもの傾きて在る実家へと

実家にはビニール人形置きてあり頬ずりすれば顔の硬さよ

歯並びのきれいな関取遠藤よ今日も勝てよとテレビに向かふ

江戸の世のかんざし職人のことおもふ選歌を終へて立ち上がるとき

朝と夜に南の島より打ち上がる観測気球の白さを恋へり

名乗(なのり)、称、号などを持つ江戸武士と出会ふ気のせり暗闇坂に

地図の向き変へては位置をたしかめて秋のをはりの銀座を歩む

金ゴマの花は小さなラッパ型　忙しすぎる君に見せたし

眠られぬ夜に想ひをり鰭の下に串を打たるる感覚などを

境内をよぎれば幼稚園ありて戸口にいつもマーガリンの匂ひ

雨の午後われは裸の目をふたつ持ちて視力を測られゐたり

素通りは楽しかりけり駅を出てゆふべの商店街を家まで

日本の橋

二〇一五年九月十七日、安全保障関連法案が参議院の特別委員会で可決された。渋谷で用事を済ませた帰路に国会前を通りかかる。

メロディをつけずに我は叫びたし雨の国会前に来たりぬ

打楽器を鳴らさず我は唱へたし傘を畳みて群衆に入る

隙間なく警察車両の並びをり「反対」叫ぶ声のうしろに

鉄柵には太きパイプの通されて太きパイプは雨弾きをり

大雨に濡るる抗議の人たちよ印象派の絵のやうにも見えて

晩年のモネは「日本の橋」描きたり流されさうな九月のこの国

東京に天はハバネロ降らせたりデモ隊の上に稲妻ひかる

雀ほどの小さなかたちかもしれずされど雀の怒りふくらむ

九月十九日

午前二時に法律成りき迦具土は母を焼きつつ産まれ出でたり

午前二時に法律成りき迦具土は父の剣に伐り殺されたり

秋晴れの日本は首相をヒトラーに喩へようとも罰されぬ国

大劇場の午後

あづき色の阪急電車走る午後　百年前のレビューうるはし

橋渡ることこそ夢の入口なれ蓬莱橋より「花のみち」へと

「花のみち」にいつもパンジー咲きてをり目の模様ある小さき花よ

宝塚ホテルで挙式せし友あり男(を)の子を産みて若く逝きたり

女子トイレの多さは少女(をとめ)のあきらめし夢の数なり大劇場の午後

「退団」は美しきことば　永訣の朝のごとくに大劇場去る

百円のコスメ

風知草さやぐ野原に右足をはね上げ球を放る子のをり

吹きだまりに色褪せてゆく葉のなかに指の形のもみぢ葉の見ゆ

風さやか　人参の葉でわが頬をくすぐられたき秋の午後なり

戻りなさいと言へばランプの内に消ゆる薄むらさきの秋の恋ごころ

夕映は吠ゆるがごとく樹をつつみ晩秋の道さびしくてならず

寅彦の小説のなか団栗を拾ふ子のゐて晴れながら冷ゆ

秋冷の夢より覚めて感じをり滝に近付く炎の色を

落葉(らくえふ)の頃に行きたし棚いつぱい釦の並ぶ手芸の店へ

天井まで棚をつくりて飾るべし大きな小さな静かな釦

一つづつ小箱に釦貼り付けて雪のゆふべに眺めてゐよう

地に落ちて汚るることは楽しからむ雪になれざる白き雨降る

百円のコスメどつさり買ひ込みて師走の原宿通りを歩む

空間の底

がまずみの葉が音立てて雨はじくゆふべ友へと祝電を打つ

ふと触れし君の胸板あたたかくここが真冬の空間の底

泣きながらブランコを漕ぐわが顔を犬が見てゐた遠い冬の日

かざはなの舞ふ日の橋の彼方よりひとくねりして電車近づく

憎しみに統べられてこそ訣別はうつくしからむ寒茜燃ゆ

性格の悪き姉妹の容貌は醜く描かれグリム童話かなし

早春の水際は傷みやすき場所　肩ふれあひてあなたと歩む

怺(こら)へるといふときめきにきさらぎの桜木ひかる小犬もひかる

会話少し覚えし頃に終はりたる異国の旅に似て冬の過ぐ

人生の切場はすでに過ぎたるや待雪草に残照ゆるる

青きフェルト

ペチュニアの花むら揺れて音韻のしづくのごとし冬のひかりは

豆もやしのひげひたすらに取るゆふべ男（を）の子の多きわが家系なり

湯気に顔うづめて蕎麦をすすりをり半年ぶりに子の家に来て

日に一度子が逆立ちをする壁に結露ののちの黴くろく浮く

手術糸の結び方教へくれし日の夫の指の若さ愛しむ

港の絵見つつ思へり夫には心理療法士の友のゐること

青きフェルト少し湿りてゐる台にトランプの札並べられたり

紙の塔高く組まれてゆくごとしトランプタワー映さるるたび

タイムズもポストも釈明文を載せ次期大統領受け入れられゆく

冬木々に電飾ともりアメリカのメディアは何を見誤りしか

光のかけら

錆止めの朱き塗料の塗られゐる鉄扉のうしろ落葉のつもる

細き脚、日焼けの脚あり募金箱かかへてボーイスカウトの子ら

冬ざれの夕日を受けて立つときに欅は菩薩よりもかぐはし

雪原の色にバターの塗られたるトースト食まむ土曜の朝は

冬晴れにふと涙ぐむ寝不足のわれは銀河をすべるクロノス

孤独癖を今日はこじらせ家中のカーテン洗ふ洗ひては吊るす

「上京」といふ華やぎが父母（ちちはは）の経歴になきことを愛しむ

上向きて泣くは歌舞伎の武士の所作　上向き歩かう次の辻まで

「勝訴」といふ紙をかかげて走りゆく風神の見ゆ冬のビル街

さびしげな影が消えたらあの女優老けたと思ひテレビを消しぬ

初午に詣づる列に並びたり木の実のごとき祈りをもちて

いちまいの皮膚にわが身の覆はれてその破れ目の唇(くち)は息吐く

時雨降る夜に思へり絵の中の悪魔は尖れる耳もつことを

歳月の折り目

アナウンサーが火事のニュースを読むときに告げ口めきて今宵も寒し

真夜中の夫は不意に語り出す天才・福永洋一の無念を

もう寝よう敗れし者は地底へと吸はれて怪獣映画終はりぬ

星と星のあひだを充たす闇冷えて臥せば平らとなる胸かなし

玄冬にひともとの彩(あや)加へむとあしたの卓に万年青(おもと)を飾る

ただ眠るため夜のありし少女期よ身に汽水湖をはぐくみながら

三十年ほど前、風邪をこじらせて息子が入院したことがあった。

声揃へ子らが病室にて撒きし節分の豆かなしかりにき

歳月の折り目に少しこぼれゐし砂かがやけり立春の朝

酢洗ひを繰り返しつつ鯖の身をひきしめてをり氷雨降る午後

ゆくりなく噴水上がり思ひ出す人を蔑するときのときめき

隠し事してゐる子らのさざめきのごとし黄の花群るる三椏（みつまた）

鋭きかたち

もしわれが消ゆれば茶碗やスプーンは涙流すやキュッキュと磨く

いちまいの平面となり月照れば円とは鋭きかたちと思ふ

ネクタイの赤さは首より真直（ますぐ）垂れ「アメリカ・ファースト」叫ぶトランプ

アメリカはそんなに弱くなつたのか小雨のなかの就任演説

顔に較べ小さきてのひら泳がせてネガティヴな語の多き演説

オバマ氏と日本に来たる「黒いカバン」新大統領のパレードにも見ゆ

同盟を結びませうと榛の木は二月の夕日に誘ひかけをり

地より湧くことと天より降ることのいづれ恥づかし宵の粉雪

天よりの使者は魔界も過ぎ来しかひとひらふたひら雪を手に受く

背に残るむかしむかしの手術痕ほのあたたかし雪降る夜は

咳きながら過ぐししし冬あり鳥のことば話したかりし我かもしれず

もう読まぬ本束ねたりいつの日か我は短歌に裏切らるるや

ミモザの季節

表紙カバー若草色にとりかへて『泥棒日記』また読み始む

弾かれざるままチェンバロに溜まりゆく木蜜（きみつ）のごとき時間かなしむ

ギターの弦替へゆく君の若き指見てゐき遠きミモザの季節

張り終へし弦に触れつつ性的なことばをひとつ君はこぼしぬ

「相方」と呼べる人欲し紅梅の奥の青空見てゐる二人

ストローでレモンつつきて少女子(をとめご)は臍の整形したいと言へり

春風よもし昆虫に生まれてもわれは〈集団〉が苦手なるべし

花曇り　機密のために戦中は天気予報の流れざりしと

水底にむくりむくりと脈打てる血管ひそめ雨後の川あり

裏庭の八つ手の下に前肢で顔かくしつつ猫が寝てをり

高学歴女性芸人ふえてゆく世なり蜜柑の花白く咲く

木の花、草の花

誰(た)が脱ぎしほほ笑みならむ高枝に白木蓮の暮れ残りをり

地に落ちて三歩よろけし木蓮の白きほほ笑み手にとりてみる

宇宙へと飛ぶロケットに臍帯のごとき力の兆す春の夜

濠に沿ふ坂あゆみつつ君は言ふ古木(こぼく)は一気に花咲かせると

春の雲しろく光りぬアメリカには退役軍人といふ人らをり

夕風に若葉さやげり日本の艦はカール・ビンソンに召されて

護衛艦「いずも」は発てり空母へと乳を与ふる手助けせむと

旧仮名で「いづも」とすべし原子力空母のもとへ艦進みゆく

原発も兵器も軍が管理する国をおもへば恐れの湧きぬ

浮世小路

小奴に似たる娼婦と啄木が五月の浮世小路をあゆむ

借金を返さぬ啄木　千束（せんぞく）の浮世小路ををみなとあゆむ

角海老(かどえび)の大き時計が十時打ち明治の東京うつくしかりけむ

上野から田端までふと汽車に乗る啄木日記のこころを愛す

薄き葉は風吹くたびにさやぎつつアスパラガスの別名・雉隠(きじかくし)

マロニエの葉裏にひそむ碧き実を幼き吾子は怖しと言ひき

動くもの許してならじと一日(ひとひ)かけシチューを煮込む雨の日曜

ブラウスの型紙おこしゐる母の腕白かりき初夏の窓辺に

真昼間を眠れる母の辺に読みぬ『ジャングル大帝』最終回を

くだもののとびきり甘い島へ行かう点滴終へて母は言ひたり

笹の葉の奥に見えをり細筆で母の書きたる「たのしい」の文字

紫陽花よ才能よりも才能の質が大事と誰が言ひしか

夏の野を飛びゐし蝶はわが傘に入りきてふつと色を失くせり

吊革を握りたるまま眠りをりまだ背の伸びる少年たちは

「不承知（ふしょーち）」と叫ぶがごとし川岸に並びて咲ける向日葵の花

切り株に誰か座しをりゆふぐれが長くかかりて夜となれる夏

あとがき

本書は私の十番目の歌集です。

二〇一三年の晩冬から二〇一七年夏までの四年半の作品から四六六首を収めました。

この時期には、二〇一三年九月号から二〇一五年六月号まで「現代短歌」誌上に三ヶ月おきに八回にわたって二十首を連載する、という機会をいただきました。その折の発表作品（配列を変更した歌や、歌集に収載しなかった歌もあります）に、他の総合誌や結社誌「塔」に発表した作品を加えて、一冊としました。

歌集名の『ランプの精』は、次の作品に拠ります。

半身をけむりのやうになびかせて秋の夜ランプの精出(い)で来ずや

戻りなさいと言へばランプの内に消ゆる薄むらさきの秋の恋ごころ

ランプをこすると現れて「ご用件は？　何なりとお申し付けを」とささやく魔法の国の人。私にとって歌を詠むということは、遠いどこかからこのランプの精を呼び寄せることなのではないか。子供っぽいと笑われそうですが、そんな気がしています。ランプの精が差し出すのは恋ごころだけに限らず、驚きや寂しさや嘆きやなつかしさなど、とりどりの表情をもつ感情です。

二十歳の折に作歌をはじめてから、四十年余りが過ぎました。今回、第十歌集という節目の一冊を形にすることができて、感慨を深くしています。

評論やエッセイの執筆、あるいは選歌など、最近ではありがたいことに短歌に関する活動の幅が広がっていますが、やはり私は歌を詠むことが一番好きなのだ、と本書を編みながらあらためて感じました。

今後も誠実にことばと向き合ってゆきたいと思っております。

刊行に際しては、現代短歌社の真野少氏はじめスタッフの皆さまにひとかたならずお世話様になりました。どうもありがとうございました。
また、間村俊一氏に装幀を担当していただけますことは大きな喜びです。厚くお礼申し上げます。

初夏の風が吹く窓辺にて

栗木京子

歌集　ランプの精
塔21世紀叢書第三三五篇

発行日　第一刷　二〇一八年七月二十四日
　　　　第二刷　二〇一九年一月二十五日
著　者　栗木京子
〒一二〇―〇〇二六
東京都足立区千住旭町二〇―四
発行者　真野　少
発　行　現代短歌社
〒一七一―〇〇三一
東京都豊島区目白二―八―二
電話　〇三―六九〇三―一四〇〇
発　売　三本木書院
〒六〇二―〇八六二
京都市上京区河原町通丸太町上る
出水町二八四
装　幀　間村俊一
印　刷　日本ハイコム
製　本　新里製本所

ISBN978-4-86534-231-4 C0092 ¥2700E

gift10叢書 第10篇
この本の売上の10%は
全国コミュニティ財団協会を通じ、
明日のよりよい社会のために
役立てられます